El rock de la momia

y otros versos diversos

Nidos
para la
lectura

ALFAGUARA

El rock de la momia

y otros versos diversos

ANTONIO ORLANDO RODRÍGUEZ

Ilustraciones de Daniel Rabanal

ALFAGUARA

Título original: *El rock de la momia y otros versos diversos*
© 2006, Distribuidora y Editora Aguilar, Altea,
   Taurus, Alfaguara, S.A.
   Calle 80 No. 10-23
   Bogotá – Colombia

© 2005, Antonio Orlando Rodríguez
© De las ilustraciones: 2005, Daniel Rabanal

Diseño de la colección: Camila Cesarino
Composición de interiores y cubierta: Vicky Mora y
Alexandra Romero Cortina

Nidos para la lectura es una colección dirigida por
Yolanda Reyes para el sello **Alfaguara**.

Primera edición en Colombia: abril de 2005
Segunda edición en Colombia: junio de 2006
ISBN: 958-704-444-4

A los lectores...

Algunos niños me han dicho que están en una edad de "cero poemas". Además, me han confesado que la poesía les parece quieta y alejada de sus vidas. Por eso, cuando descubrí *El rock de la momia*, grité: "¡Eureka!, esto es lo que necesitan".

Aunque nos cueste creerlo, la poesía sigue más viva que nunca. En las canciones de moda, en los juegos del recreo, en los chistes que inventamos y también cuando no sabemos nombrar lo que nos pasa por dentro, un poema puede hablarnos en un idioma distinto al de la vida real.

El escritor cubano Antonio Orlando Rodríguez conoce a la perfección ese idioma secreto. Y como disfruta haciendo mezclas, desempolvó unos libros de tiempos de Don Quijote y encontró viejas estrofas que antes usaban los poetas españoles para darle musicalidad a sus versos. Entonces, cuando la poesía era niña, en vez del rock o del rap, estaban de moda unos poemas con nombres curiosos como el zéjel, el ovillejo, el lay o las coplas de pie quebrado. Rodríguez, quien además es fanático de los libros y las películas de Frankenstein, La Momia y Drácula, hizo una combinación explosiva entre versos antiguos y monstruos modernos y así resultó este libro que, según sus palabras, "es un homenaje a las criaturas que pueblan nuestras más deliciosas pesadillas".

En el cruce de lo antiguo y lo moderno, los lectores descubrirán todas las caras de la poesía, pues, como lo anuncia el título, hay versos diversos para todos los momentos: para morirse de risa o temblar de la emoción. Rodríguez asumió el reto de atrapar a quienes dicen leer "todo, menos poemas". Y el argentino Daniel Rabanal le siguió el paso con las hermosas ilustraciones que le inspiraron los versos.

Ahora sólo hace falta el ritmo de cada lector. Y no sería nada raro oír un día en la radio un zéjel o un ovillejo. Es que son tan pegajosos...

YOLANDA REYES
Directora de la colección

Para mis sobrinas Grethel, Johanna,
Wendy, Miranda y Marcela.
Y para Sergio.

1 Concierto roquero

2 Versos diversos

1

Concierto roquero

Rock del hombre-lobo

Si en una noche
de luna llena
suenan las tripas
de un hombre-lobo,
sigue el consejo
de un buen amigo:
¡corre al instante!
¡Haz lo que digo!

Si un monstruo de esos
viene a tu encuentro
difícilmente
harás el cuento.

Esos peludos,
te lo aseguro,
roen con gusto
un hueso duro.
Un hombre-lobo
no tiene un pelo
de bobo.

La luna llena
los pone mal,
les entra un hambre
que no es normal.

Les salen garras,
crecen sus uñas
y despedazan
con las pezuñas.

En esos casos,
los muy bandidos
hincan el diente
a los descreídos.

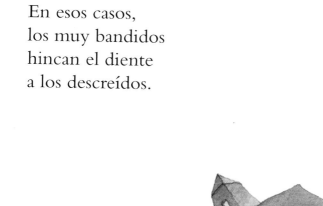

Podrías ser tú…
Tal vez aquel…
(Un hombre-lobo
es siempre cruel.)

Esos peludos,
te lo aseguro,
roen con gusto
un hueso duro.
Un hombre-lobo
no tiene un pelo
de bobo.

Ahora lo sabes,
ya te he advertido:
corre si oyes
algún aullido.

¿Cobarde yo?
No, precavido.
Los hombres-lobo
son un peligro.

No he visto uno,
no me han mordido,
nunca he escuchado
sus alaridos…
mas sé que existen
pues lo he leído.

Rock del vampiro

(ovillejo)

¿Quién ronda sin un suspiro?
    El vampiro.

¿Por qué busca su alimento?
    Está hambriento.

¿Qué arma lleva ese pillo?
    Su colmillo.

De noche deja el castillo
y oculto en su negra capa
a sus víctimas atrapa
Vampiro Hambriento Colmillo.

Rock del muerto viviente

¡Ay, qué hambre!
¡Qué calambre!

Así gime y se lamenta
un voraz muerto viviente.
¿Para qué pide comida,
si el pobre no tiene dientes?

¡Ay, qué hambre!
¡Qué calambre!

Himno de los esqueletos

¿Sabes cuántos huesos
arrastras contigo?
Pues doscientos seis,
si uno no has perdido.

Quedarse sin carne
no es cosa terrible,
pues en puros huesos
uno es más flexible.

No hacen falta dietas
ni bajar de peso,
estás a la moda
sin sufrir por eso.

Te sientes ligero,
no pasas calor
y a la hora del baile
te mueves mejor.

Ser un esqueleto
tiene mucho *swing:*
no gastas en ropa
y vives feliz.

Balada del jinete sin cabeza

"¡Qué pasión y qué embeleso!
¡Ay, me muero por un beso!",
aúlla un descabezado.

A medianoche el jinete
repite su sonsonete
como un enajenado.

Una lánguida doncella,
tan arisca como bella,
su pasión ha desatado.

Por eso vaga sin tregua,
en una fogosa yegua,
el galán atribulado.

A cualquiera dan un susto
sus lamentos de disgusto
al saberse rechazado.

Con la punta de su manto
seca su copioso llanto
el extraño enamorado.

¿Y qué comenta la dama
cuyos favores reclama?
Su opinión: "Es un pesado.

"Sólo a alguien sin cabeza
se le ocurre esa rareza.
¡Que se mantenga apartado!

"Me adorará con exceso,
mas no puede darme un beso
porque está decapitado".

Y así se termina el cuento
—sea verdad, sea puro invento—
del triste desventurado.

Rock de la momia
(zéjel)

Cuando quiere irse de rumba,
la momia no se reprime.

Abre de un golpe su tumba
y alegra la catacumba
con su zumba, su balumba

y su sandunga sublime.

Rock del fantasma resfriado
(liras renacentistas)

"¡Atchís!", dice un fantasma
que en sus andanzas pescó un resfriado
y ahora está condenado
(eso no lo entusiasma)
a que le pongan una cataplasma.

"Es tu culpa este lío",
chilla su abuela y lo mete en la cama.
"Una sábana", brama,
"es muy poco atavío:
por eso es que tienes escalofríos".

"Soy un profesional",
replica el espectro con voz de pito.
"¿Abrigarme un poquito?
¡No, yo sigo el manual!
He sido siempre un fantasma cabal".

Rock de la Mano Asesina

Cada noche sale
la Mano Asesina
a matar a alguien:
esa es su rutina.

"¡Qué vida tan dura!",
murmura en sordina
mientras se desplaza
con cara mohína.

Pasa largas horas
entre la neblina,
por eso se abriga
con una chalina.

La Mano al fin llega
a una oscura esquina
y un coche que cruza
toca la bocina.

Es un productor
de cine de China
que carga con ella
para su oficina.

"De mi nuevo filme
serás la heroína:
una bailarina
triste y argentina".

La Mano sus dedos
mueve con inquina
y saca un frasquito
lleno de estricnina.

Luego echa una pizca
en la gelatina…

★　★　★

Pudo ser actriz
y triunfar en China,
tener un palacio
grande y con piscina,
mas era una Mano
muy, *muy* Asesina,
y siguió matando
sólo por rutina.

Rock de Frankenstein enamorado

(lay)

Es un alhelí,
un lindo rubí.
Créalo o no usted,
desde que la vi
quiero ser feliz,
siento un no sé qué.

Unos dicen que
es un chimpancé,
mas no para mí;
por ella daré
mil y un traspiés.
Vivo en frenesí.

Quiero oír el sí
de la bella hurí
de ojos café;
quiero compartir
lo que siento en mí
y comer panqué.

Antes nunca amé
y la quiero aquí.

Y si usa corsé,
¿qué me importa a mí?

Rock de la bruja

(para volar en una escoba esdrújula)

Con mi escoba mágica
no hace falta brújula
pues es tan magnífica
que vuela con música.

Es mi escoba eléctrica
con su vuelo técnico
tremendo vehículo
súbito y frenético.

De mi escoba esdrújula
dicen los científicos
con tono didáctico
que es un trasto práctico.

Con mi escoba alérgica,
lánguida y fatídica,
me traslado rápido
por la noche ríspida.

Rítmica y romántica,
lívida y polémica,
voy sembrando el pánico
con mi escoba tétrica.

Rock del cementerio

Un fantasma da una fiesta
con comida y de etiqueta
en el cementerio.

A la medianoche en punto
congregará a los difuntos
en el cementerio.

Aunque les parezca extraño,
el fantasma cumple años
en el cementerio.

A nadie ha contado cuántos
(mas, según él, no son tantos)
en el cementerio.

Una orquesta de esqueletos
no dejará a nadie quieto
en el cementerio.

Semejante algarabía
no se da todos los días
en el cementerio.

Disfruten, pobres occisos,
que esto es como el paraíso
en el cementerio.

Y al terminarse la rumba,
cada cual para su tumba
en el cementerio.

Ya se acabó el desparpajo,
el bochinche y el relajo,
en el cementerio.

Aquí se viene a dormir
y no a bailar ni a reír
en el cementerio.

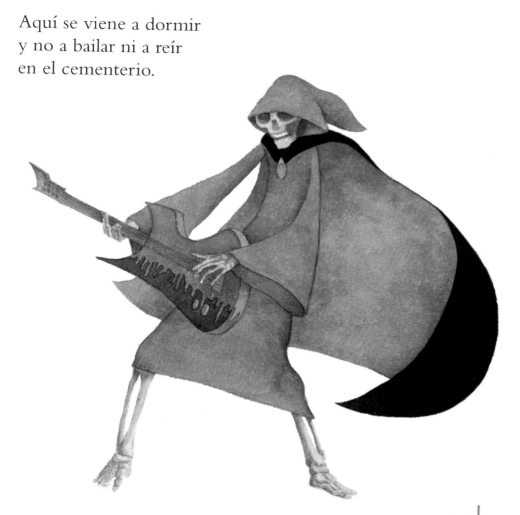

Rock del abominable hombre de las nieves

(con trompetas tibetanas)

Si el Yeti te da un abrazo,
sientes un alfilerazo.

Y si acaso te pellizca,
no te agradará ni pizca.

Si por la nieve te empuja,
se burlará el muy granuja.

Pero si te estampa un beso,
puede que te sepa a queso
primero… y después a yeso.

A ese monstruo ponlo a raya.
Es lo peor del Himalaya.

Hip-hop del conde Drácula

Andan diciendo que Drácula
tiene flojos los colmillos
y que ya encontró un dentista
que se los pondrá postizos.

Hay rumores de que el conde
cambió de pronto su dieta:
ahora come vegetales,
detesta la sangre fresca.

Las malas lenguas comentan
que regaló su ataúd
y que duerme en una cama
al igual que duermes tú.

Y cuentan que la honorable
Asociación de Vampiros
va a expulsarlo de sus miembros
por tamaños desatinos.

Yo, la verdad, no lo creo
ni lo dejo de creer,
pues en los tiempos que corren
todo puede suceder.

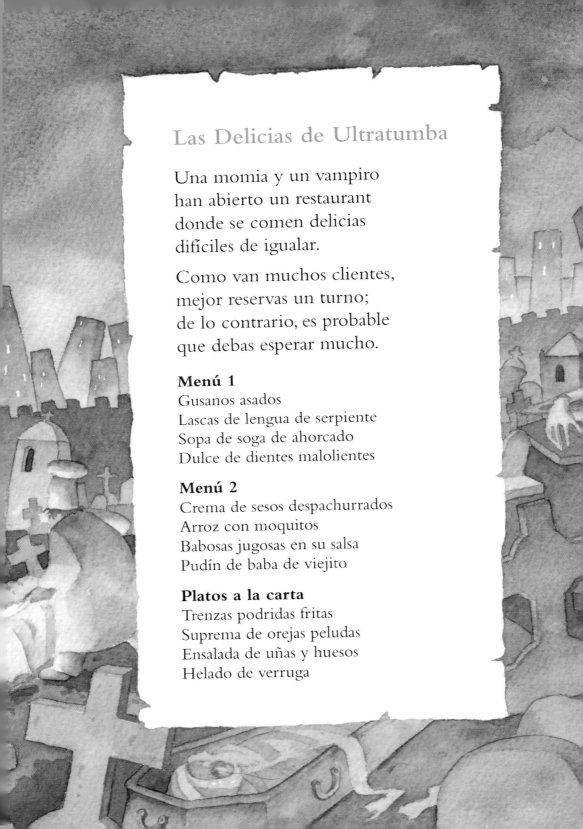

Las Delicias de Ultratumba

Una momia y un vampiro
han abierto un restaurant
donde se comen delicias
difíciles de igualar.

Como van muchos clientes,
mejor reservas un turno;
de lo contrario, es probable
que debas esperar mucho.

Menú 1
Gusanos asados
Lascas de lengua de serpiente
Sopa de soga de ahorcado
Dulce de dientes malolientes

Menú 2
Crema de sesos despachurrados
Arroz con moquitos
Babosas jugosas en su salsa
Pudín de baba de viejito

Platos a la carta
Trenzas podridas fritas
Suprema de orejas peludas
Ensalada de uñas y huesos
Helado de verruga

Especialidad de la casa
Paella Estilo Camposanto ★

Ante un menú tan variado
uno se queda dudoso;
Pero, elijas lo que elijas,
lo encontrarás muy sabroso.

En *Delicias de Ultratumba*
todo se come bien fresco,
pues los ingredientes vienen
directo del cementerio.

★ Este plato, para dos,
es un poco demorado.
Reunir sus ingredientes
resulta algo complicado.
Lleva lagañas de hiena,
saliva y bilis de bruja.
Tarda cuarenta minutos,
pero los dedos te chupas.

Rock de los espantos espantados
(canción protesta)

Si te hacen temblar
los cuentos de espantos,
te diré, en secreto,
que no es para tanto.

La gente se piensa
que en el Otro Mundo
todos los espectros
somos furibundos.

Los hay de temer,
no lo he de negar,
pero Aquí hay de todo
al igual que Allá.

Si te hacen temblar
los cuentos de espantos,
te diré, en secreto,
que no es para tanto.

El mundo de ustedes
nos llena de susto.
Ya casi ni vamos
pa' evitar disgustos.

Lo que hemos visto
nos ha puesto en *shock:*
guerras, injusticias,
odio, incomprensión.

Si te hacen temblar
los cuentos de espantos,
te diré, en secreto,
que no es para tanto.

Al lado de algunos,
somos corderitos
que no amedrentamos
ni a los más chiquitos.

La fama de monstruos
no hay quien nos la quite.
Pero, ¿será justa?
Piénsalo y me dices…

2 Versos diversos

Unos y otros

El mundo está lleno de ventanas.
Unos miran por ellas,
otros las tienen cerradas.

El mundo está lleno de senderos.
Unos se quedan sentados,
otros caminan por ellos.

El mundo está lleno de melodías.
Unos escogen cantarlas;
otros, oírlas.

El nido

Si a un pájaro se le ocurre
anidar en tu cabeza,
olvídate de peinarte,
pues sería una torpeza.

El día y la noche

Un enano
con gorro de merengue
toca su flauta
y la luz se enciende.

Un gigante
con gorro de plata
toca su tambor
y la luz se apaga.

Nunca se aburren.
Jamás descansan.

El vendedor de arco iris

Vendo arco iris
frescos,
   arqueados,
      tiernos.

Brillantes,
de siete colores,
sin estrenar,
    ¡perfectos!

Arco iris para el verano.
Arco iris para el invierno.

Décima del árbol

El árbol, tronco de miel,
firme raíz, buen vecino,
compañero del camino,
silencioso amigo fiel.
Todos pasan mientras él
permanece en su lugar:
¿no querrá también andar,
conocer otros lugares,
ríos, sabanas, palmares,
el lomerío y la mar?

Rap del hombre primitivo

Pero qué aburrido,
pero qué aburrido,
pero qué aburrido
ser un primitivo.

Porque en estos tiempos
tan y tan lejanos,
no hay cafeterías
ni cines ni helados.

No hay videojuegos,
no hay televisión,
perseguir mamutes
es mi diversión.

Pero qué aburrido,
pero qué aburrido,
pero qué aburrido
ser un primitivo.

Pavana del mar y la luna

El mar se ha enamorado de la luna,
pero ella no le hace ningún caso.
"Gorda o flaca, como tú no hay ninguna",
dice el mar. "¿Me regalas un abrazo?".
      "Pues no. Lo lamento.
      Mi novio es el viento",
dice la luna. "¡Te pasó por lento!".

Bien puede y no puede ser

(letrilla, a la manera de Góngora)

Dar una y mil volteretas
subido en la patineta,
bien puede ser;
mas tener un accidente
y que se te rompa un diente,
no puede ser.

Devorar catorce helados
de fresa y de mantecado,
bien puede ser;
pillar una indigestión
por semejante atracón,
no puede ser.

Corretear bajo la lluvia
si afuera truena y diluvia,
bien puede ser;
mas recibir un regaño
por ese tremendo baño,
no puede ser.

Robarle un beso a una niña
sin aviso, aunque te riña,
bien puede ser;
mas que te den un sopapo
y te griten "¡Gusarapo!",
no puede ser.

Los ronquidos de Sergio

Los ronquidos de mi hermano
se han vuelto algo tan horrendo
que en casa ya nadie duerme
con ese ruido tremendo.

Digo mal, sólo alguien duerme:
él, Sergio, y a pierna suelta,
pues sus potentes ronquidos
al parecer no lo afectan.

El médico nada pudo
contra ese rugir nocturno,
ni abuela con sus remedios
logró arreglar el asunto.

Cada noche nuestro Sergio
nos regala un recital
monótono y estruendoso
que da ganas de llorar.

¿Un derrumbe? ¿Un terremoto?
¿Un volcán en erupción?
No, son sólo los ruiditos
que hace mi hermano mayor.

¿Almohadas en la cabeza?
De nada sirven. Tampoco
taponearse los oídos.
¡Cualquiera se vuelve loco!

Los vecinos de los altos
ya empezaron a quejarse,
y los que viven abajo
no tardarán en sumarse.

Si sus ronquidos no paran,
pronto los del edificio
multarán a nuestro Sergio
por armar tanto bullicio.

Él dice que no es su culpa:
"Ronco, pero sin querer.
Si yo pudiera evitarlo,
no lo volvería a hacer".

(Cuando yo sea grande,
¿roncaré como él?)

El secreto bien guardado

Si buscas alguien discreto
para contarle un secreto,
alguien que nunca comente
lo que le cuenta la gente,
no busques en otro lado:
estás ante el indicado.
Yo soy lo que necesitas:
¡empieza a contar tus cuitas!

Cualquier cosa que me cuentes
se quedará entre mis dientes.
Lo diré sólo a Rodrigo
por ser mi mejor amigo,
lo comentaré con Diana
porque es como mi hermana,
y tal vez con Anacleto
pues no tenemos secretos.
Quizás lo diga a Lucía,
a Dora, Rosa, María,
a las primas de Vicente
y a alguna que otra gente.

Mas no tienes que temer:
por mí no se va a saber.

Calamidades

Lo más terrible para un plato
es que lo tiren al piso de un arrebato.

Lo más terrible para un tomate
es atorarse en algún gaznate.

Lo más terrible para una cortina
es que confundan su seda con muselina.

Lo más terrible para un ratón
es que un gato lo pille en un rincón.

Lo más terrible para un país
es que su gente se tenga que ir.

Lo más terrible para mí
hubiera sido no encontrarte a ti.

Miradas

Si me miras alegre,
el día es una fiesta.
Si me miras triste,
irremediablemente llueve.

Cariño

Matica
que riegan
dos.

Cantar de caminantes

¿De dónde vienes?
¿A dónde vas?
¿De dónde llegas?
¿A dónde irás?

Si vas, si vienes.
Si irás, si has ido.
Adonde vayas
yo iré contigo.

Canción

La flor es flor
porque perfuma.

La nube, nube
por su llover.

La luz es luz
porque palpita.

Y todo tiene razón de ser.

Humo

Alguien vaga
por el bosque oscuro.
Va en silencio,
discreto y oculto.

Sus pisadas
las acalla el musgo.
Nadie sabe
cuál será su rumbo.

Busca el agua,
su fresco murmullo,
o el sabor
de un fruto maduro.

Como un duende
o un pequeño brujo,
a esta hora
es dueño del mundo.

Se detiene,
descansa un minuto
protegido
por los altos juncos.

Luego sigue
su andar errabundo,
leve y solo,
un venado de humo.

La tristeza

La tristeza
es una señorita flaca
con un gran sombrero
lleno de telarañas,
viejos zapatos
de tacones torcidos
y un chal de color sandía
regalo de su prima Melancolía.

Siempre llega
en el momento menos pensado.
De puntillas.
Y sin que la inviten, se sienta
a tejer con sus agujas
en cualquier silla.

A veces se aburre
y se va de inmediato.
Otras, se niega a irse.
(En esos casos, hay tristeza para rato.)

El sombrero

(coplas de pie quebrado)

Mi abuelo tiene un sombrero
que le vendió un marinero
muy cortés.

Es muy antiguo, de paja,
y lo guarda en una caja
de ciprés.

Ese sombrero —no es cuento—
canta con gran sentimiento
en francés.

Canta tan bien como un mirlo.
Si quieres, te invito a oírlo
a las tres.

Este libro, publicado por Dagata, S.A.,
bajo el sello Alfaguara, se terminó de imprimir
en los talleres gráficos de D'Vinni, Ltda.,
en el mes de junio de 2006,
en Bogotá - Colombia.